# LES EAUX
# BRIDES-LES-BAINS
## 1685

Réimpression de la brochure du Révérend Père Briançon

IMPRIMERIE & LIBRAIRIE F. DUCLOZ

MOUTIERS       BRIDE-LES-BAINS

**1885**

# LES EAUX

DE

# BRIDES-LES-BAINS

EN

## 1685

Reimpreffion de la brochure du Reverend Pere Bernard

IMPRIMERIE & LIBRAIRIE F. DUCLOZ

| MOUTIERS | | BRIDES-LES-BAINS |
| --- | --- | --- |
| GRANDE-RUE ET RUE CARDINAL | | AVENUE DE LA SOURCE |

## 1885

# LES EAVX
# DU BAIN,

### DE'DIE'ES

## A MONSEIGNEVR
## L'ARCHEVE'QVE
## DE TARENTAISE

Par le Reverend Pere BERNARD, Religieux de l'Obfer-
vance de Saint François, Docteur & Profeffeur en
Theologie, & Cuftode de Savoye.

*A VILLEFRANCHE,*

Chez ANTOINE MARTIN, Imprimeur & Libraire de la Ville

M. DC. LXXXV.　　*Avec Permiffion.*

# A MONSEIGNEUR
# L'ARCHEVE'QUE
## DE TARANTAISE

MONSEIGNEUR,

    Les tréfors que la nature enferme dans fon fein, font moins à elle qu'à l'usage de ceux qui ont le bon-heur de les découvrir, & elle ne fouffre qu'on déchire fon fein pour les mettre en évidence que pour contribuër au bien commun de tout le monde, & pour en faire en même tems la matiere d'une reconnoiffance publique aux Seigneurs des Lieux où ils fe rencontrent. C'eft pour cela, MONSEIGNEUR, que les Eaux du Bain étans un tréfor que l'on a découvert dans un Lieu qui releve de vôtre Juridiction, font tellement à Vôtte Grandeur, qu'on ne fçauroit les prefenter à d'autres fans vous faire un larcin qui pourroit l'obliger à retirer la vertu medecinale qu'elle leur a communiquée ; mais outre cela il y a encore d'autres motifs pour lefquels je vous les offre avec la peinture du Lieu où elles fe rencontrent, & les proprietés qu'elles renferment. Le premier eft le zéle qu'elle a témoigné pour les faire découvrir, en appellant fur les Lieux le Sieur de Copponey dont le genie eft merveilleux & le difcernement jufte pour faire une veritable difference entre ce qui eft naturellement bon & ce qui ne l'eft que par accident, entre ce qui eft veritablement reméde & ce qui ne l'eft qu'en apparence ; entre ce qui peut rétablir la fanté infailliblement, & ce qui peut la détruire entierement en cherchant à la conferver ou à la rétablir. Le fecond eft la joye qu'elle a témoigné lorfque l'épreuve qu'il en fit devant vôtre Grandeur & en prefence des Principaux de fa Ville de Mouftier, fe trouva conforme au defir qu'elle avoit de les voir falutaires, joye qui renouvelle tous les jours par les effets admirables qu'elle apprent qu'elles operent en ceux qui en ufent. Il faloit cette derniere preuve de fa bonté pour la joindre à mille marques de fon affection qu'elle fait paroître tous les jours à cette heureufe Province; car ce feroit en vain qu'elle auroit fait une reconnoiffance générale de toutes fes Terres pour affurer le revenu de fon Archevêché : ce feroit en vain qu'elle aurait fait rebâtir fon Eglife Metropole pour foûtenir la gloire de Dieu, & animer la pieté des Fidéles ; ce feroit en vain qu'elle auroit travaillé à terminer les differents d'un chacun pour établir le répos de tous fes Diocezains, fi elle n'avoit encore appuyé de fon credit & foûtenu par fon authorité le fieur Dominique Varot qui a fait la dépenfe neceffaire pour bâtir des Reservoirs à ces Eaux, & les conduire de leur fource dans les lieux où on les peut boire en affurance, & plus-agreablement, afin de procurer à ceux qui les boiront une vie auffi longue qu'il la faut pour admirer les prodiges de vôtre conduite ; c'eft l'obligation, M O N S E I G N E U R , que ceux du Païs & les étrangers auront éternellement à vôtre Grandeur, qui non contente de guerir les ames par sa doctrine & par fes exemples, s'eft encore appliquée à procurer la guerifon des corps ; & comme je fuis des premiers qui en ay reffenty les effets, je fuis auffi des plus empreffés à vous en marquer ma reconnoiffance par ce petit recüeil que j'ay fait de leurs miracles que je presente à vôtre Grandeur, en l'affurant du profond respect avec lequel je fuis,

M O N S E I G N E U R ,

Vôtre tres humble & trés obeïffant ferviteur,
F. F R A N C, O I S  B E R N A R D.

# LES EAVX DES BAINS
## DE TARANTAISE

QUOYQUE le Ciel verfe fes influences fur toutes les parties de la terre, cependant il ne les favorife pas toutes également ; ils y a certains lieux choifis où il ne naît que des lys & des rozes ; il en eft d'autres où il ne croift que des chardons & des épines.

Il en eft de même de la terre, elle a fes bons et fes méchans endroits, & foit que les eaux du déluge dont elle fût fubmergée, ayant croupy plus long-tems dans certains lieux que dans les autres, y ayent laiffé de plus grandes marques de la colere de Dieu, ou que la nature qui ne fait rien de fuperflu, n'aye pas jugé à propos de rendre toutes fes merveilles communes, il eft vray de dire que fuivant le mouvement de fon autheur, qui pour être la fource de tous les biens, garde cependant quelque ménagement dans la diftribution qu'il en fait, ne les donnant que felon le befoin des fujets qui les doivent recevoir, auffi n'ouvre-t'elle fes trefors que dans les endroits où ils font neceffaires, & à proportion des befoins que les peuples qui les habitent en peuvent avoir.

Cela fe voit clairement dans les eaux dont je fais la peinture, car elles naiffent à une lieuë de la Ville de Mouftiers, Capitale de Tarentaife, que les Romains ont anciennement appellé la Province des Centrons, & pour marque qu'elles ne font pas nouvelles, & qu'elles ont été autrefois en ufage dans le même tems que les Empereurs firent conftruire les bains d'Aix en Savoye, c'eft que le lieu de leur fource a toûjours porté le nom de Bains. On y voit même encor l'endroit ou les Seigneurs Archevêques faifoient leur fejour pendant les plus beaux mois de l'année : mais comme les maifons de campagne ne font pas également agreables à tout le monde, & qu'il arrive des revolutions qui font changer de face à toutes chofes, la pefte s'étant renduë univerfelle en mille cinq cens foixante-dix, & Monfeigneur Jofeph de Parpaille Archevêque de Tarantaife étant mort de cette maladie qui ravagea prefque tous les E'tats de Savoye, ces eaux perdirent leur vogue, & leur vertu refta prefque inutile.

Elles font reftées tres-long-tems dans cet état, & elles le feroient peut-être encor, fi la neceffité qui ne neglige rien quand elle veut fe foulager, n'avoit porté les affligés à les frequenter de nouveau, quoy qu'elles fuſſent reduites à certains petits amats qui s'étoient confervez des refervoirs, & où elles ne laiſſoient pas d'operer, quoy qu'elles ne fuſſent purifiées qu'à demy, & mélées avec la riviere de Doron, dont elles ne font éloignées que d'une demie portée de piſtolet.

Comme cette riviere prend ſa fource dans les hautes montagnes de Champagny & de Pralognan, & qu'elle a un penchant qui la rend extremément rapide, cela fait qu'elle entraine de la pierre & de la terre toutes les fois que les pluyes deviennent frequentes, mais l'ayant été beaucoup plus en l'année mille ſix cens cinquante-trois que les precedentes, elle acheva ce que la peſte avoit commencé, & elle ſabla ces bains que celle-là avoit rendu quaſi inuſitez.

Neanmoins la nature jalouſe de ſes tréſors ne permettant pas qu'ils reſtent cachez, a triomphé dans la ſuite des obſtacles qui les tenoient renfermez dans ſon ſein, en découvrant elle-même ces eaux que la riviere voiſine avoit ſablé. Iugez delà la joye des peuples à la nouvelle de cette découverte ; châcun y court, & il ne fut pas mal-aiſé d'éprouver leur vertu, puis qu'elles font dans un lieu où les maladies qu'elles gueriſſent font les plus frequentes.

Elles font au pied d'une grande Paroiſſe, que l'on appelle les Allües, dont la plus grande partie des Habitants ſouffre des Paraliſies, et des goutes qui leurs font cauſées par les eaux qu'ils y boivent ; mais la nature ne laiſſant jamais croiſtre la plante du Napel, ſans faire naiſtre auprés d'elle celle de l'Antora, & ne faiſant l'épanchement de ſes bienfaits, que là où ils font neceſſaires, pour ne laiſſer point de mal ſans remede, auſſi a-t'elle ouvert ſes Sources au pied de ces Infirmes, leur prefentant ce qu'ils ne font pas capables de chercher, & leur offrant dans leur beſoin ce que toute la Medecine enſemble ne peut fournir à leur gueriſon.

De forte que comme la Piſcine ſe trouvoit auprés de la Ville de Jeruſalem & non ailleurs, parce que c'étoit là où l'on conduiſoit de toute part des malades, de meſme ces eaux font au pied de ce grand Village, pour fournir le remede où le mal eſt plus preſſant, & afin d'inciter les étrangers à s'y faire porter pour trouver parmy des malades une ſanté qu'ils ne peuvent ſe procurer parmy ceux d'entre eux qui ſe portent le mieux.

Ces bains font dans un petit valon aſſez agréable, ayant du côté du midy un rideau de vignes qui ne produifent pas le moindre vin. Du côté du Septentrion les Montagnes des Allües, dont la fecondité ſe fait reconnoiſtre par l'abondance du Bêtail, du Beurre, & du fromage qui en fort, & qui fournit à une partie du Piedmont. Du côté du Levant la Valée de Bozel où la trés-Sainte Vierge eſt dans une veneration ſinguliere, ſous le nom de Nôtre-Dame des Graces ; graces qu'elle rend ſi communes & ſi ordinaires qu'il eſt peu de Fidéles qui n'y rendent leurs vœux & n'y reçoivent des conſolations toutes particulieres ; c'eſt elle ſans doute plûtôt que le beau Château que Meſſeigneurs les Archevêques de Tarentaife y poſſedent comme Comtes de Laval, de Bozel, qui les y attire dans certains mois de l'année, & particulierement Monſeigneur d'aujourd'huy qui y a laiſſé des Monuments tous particuliers de fa pieté & de fa magnificence. Enfin du côté du Couchant elles ont la ville de Mouftier, où fe trouvent encor des fources d'eaux falées qui étant cuittes au feu fourniffent de fel à toute la Province de Tarentaife.

S'il étoit auffi aifé de raifonner fur la nature des chofes qu'il eft facile de parler de leurs proprietés, on feroit icy le détail de bien de particularités que ces Eaux enferment & qui ne nous font connües que par leurs éffets ; mais comme on ne s'eft appliqué qu'à chercher dequoy fournir au befoin plûtòt qu'à fatisfaire la curiofité, il faut fe contenter de dire qu'elles font fouffrées, vitriolées & ferrées, & auffi femblables aux quatre fleuves qui fortoient du Paradis Terreftre pour porter l'abondance par toute la terre ; elles concourent toutes à former des Bains qui font plus ou moins chauds felon les fources qu'on y laiffe décharger par des Robinets dont deux fortent d'un rocher de pierre vive, & les autres deux jailliffent de la terre beaucoup plus chaudes que les premieres, & ce font celles-cy qui rempliffent principalement les Bains, & afin qu'on ne croye pas que leur vertu foit imaginaire, voicy de quelle maniere Monfieur de Copponey en écrit à Monfieur Dominique Varot à qui elles appartiennent.

## M ONSIEUR.

Co mme je fuis fur le point de partir pour Baucaire à deffein d'y faire emplette de toutes les plus précieufes drogues du Levant, je me fuis imaginé que pendant le tems de mon abfence plufieurs peut-être s'iront baigner à vos Bains fans fçavoir neanmoins le vray ufage des Bains, c'eft pourquoy je vous envoye ce mémoire racourcy en attendant mon retour, afin que vous en faffiés ufer felon l'expérience des Autheurs comme je l'ay tiré du Dictionnaire Pharmaceutique de Monfieur de Meuve Medecin du Roy qui en a recuëilly fidélement le vray ufage des Anciens en ces propres mots, fol. 94. tom. 1.

Les Bains chauds font propre à la paralefie, à la convulfion, à la fciatique, à la goutte froide ; il font profitables à l'hydropifie qui provient du foye exceffivement rafroidy & non de la fuffocation de la chaleur naturelle par un tas d'humeurs fuperflües, ils font bons à la colique venteufe, à la douleur des reins qui procede des cruditez, & à la difficulté d'uriner qui provient de l'obftruction des conduits vrinaux ; ils font fort recommandez pour les maladies de la matrice, ils la fortifient et la difpofent à concevoir, ils font convenables aux pituiteux qui font trop gros & humides, & maleficiés aux hietheriques, grateleux, vlcereux & eftropiés.

On ufe de ces Bains par douche adroitement faite fur la partie affectée ; exemple la douche faite fur la tête eft propre au cerveau, nerfs & jointures. Pour les intemperies froides & humides, pour les vertiges, épilepties, catarres, furdités, teintement d'oreilles, tremblement de membres, migraines, douleurs de tête inveterées.

La douche faite fur l'eftomach, l'échauffe s'il eft froid, le defféche s'il eft humide, le fortifie s'il eft débile, & aide par conféquent à la digeftion, & adoucit la douleur caufée de ventofités.

La douche fe peut auffi donner fur la hanche & autres parties qui ont befoin d'être rechauffées & fortifiées.

A Bourbon, dit-il, il y a de la bourbe qui eft merveilleufement bonne appliquée en forme d'emplâtre fur les jointures & parties foibles pour les fortifier; c'eft pourquoy vous en pouvés faire ufer de même à vos Bains, parce qu'il y a de la même bourbe abondamment.

Je cite icy mon Autheur afin que mes envieux n'ayent pas lieu de dire que je caufe comme un perroquet, & qu'il m'eft bien facile d'attribuer à vos eaux des facultés felon l'effor de mon caprice.

Cét Autheur continuë de dire à l'avantage des vôtres, que quoyque les bains chauds ayent tous la méme qualité, neanmoins les tiédes & mieux temperez font plus loüables que ceux qui font fort chauds, attendu que lors qu'ils font fi chauds ils deffeichent trop.

Affurés-vous, Monfieur, que je ne fuis pas homme à dire une chofe contre ma confcience, ni à donner des qualitez à vos eaux qu'elles n'auront pas felon les remarques, & les longues expériences des Medecins celebres qui en ont traitté. C'eft-pourquoy je n'avanceray rien du mien pour les foûtenir, & ainfi les peuples fe pourront confier à mes écrits, & en ufer felon iceux avec toute affurance.

Il faut tres-rigidiment notter que lorfque l'on veut prendre les Bains ou la douche, il ne faut pas être furcharché d'une abondance d'humeurs dépravées qui feroient un empéchement infaillible à l'operation des eaux; c'eft pourquoy il faudra que la perfonne qui en voudra ufer fe purge avant que rien entreprendre, & aprés une huitaine de jours qu'il aura demeuré dans les bains, il fe purgera encore, & ne manquera encore point de fe purger aprés l'ufage entier defdits bains, & ainfi ils luy profiteront fans jamais y manquer; celuy qui ne fera pas fi rempli d'humeurs dépravés, ne fe purgera qu'avant l'ufage des bains, & aprés qu'il y aura demeuré le tems neceffaire.

Je prie la Divine mifericorde qu'il beniffe vos travaux, puis qu'ils font fi charitables, & que je vous y puiffe rendre un jour mes fervices.

M ONSIEUR,

Vôtre tres-humble, & tres-obeyffant ferviteur,<br>
DE COPPONEY DE GRIMALDY.

Lorfque le fieur de Copponey vifita ces Eaux, on ne les crût d'abord propres qu'à baigner, mais comme l'experience eft la maîtreffe de toutes chofes, & que c'eft par elle que l'on juge de la vertu & des proprietés de châque créature, les differentes perfonnes qui les ont buës, & le foulagement qu'elles leur ont apporté, les font juger auffi propres à boire qu'à baigner.

C'eft fans doute pour cela que la nature les a renduës claires comme du criftal, legeres beaucoup plus que celles dont l'on ufe d'ordinaire, leur a donné un petit goût femblable à celuy des pois verds crus, & que contre l'ordinaire de beaucoup d'autres Eaux qu'il faut chaufer, ce qui

les rend defagreables au goût & excitentes au vomiffement, celles-cy
peuvent être mifes au frais avant que de les boire, & être tranfportées
fans rien perdre de leur vertu.

Il faut encore ajoûter à cecy qu'elles ne rempliffent prefque point
l'eftomach, ce que plufieurs perfonnes qui les ont beuës cette année
ont admiré, en ayant beu des fept à huit pots fans fe fentir l'eftomach
ou le ventre plus enflé qu'à l'ordinaire.

Elles ne font pas d'abord leur operation, il faut les attendre une
heure et demy de tems, aprés quoy elles fe vuident également par le
bas et par les vrines, de forte que ceux qui en ont beu des cinquante
à foixante verres par matinée, ont remarqué qu'ils les rendoient toutes
teintes de jaune, preuve évidente qu'elles purgent la bile en rafraichif-
fant les entrailles, & en abaiffant le feu extraordinaire qui paroîft fur
le vifage.

Comme perfonne ne doute que les Eaux chaudes n'ayent la vertu de
diffoudre les humeurs froides, de fortifier les membres débiles, & de
faire merveille contre la paralifie, auffi n'eft-il pas à propos de parler
de ceux qu'elles ont guery de ces fortes d'incommodités, il fuffit de
dire qu'il n'eft encore perfonne qui les aye éprouvé qui n'en ait reffenty
tout l'effet qu'il pouvoit efpérer, & entre autres le fieur Eftienne Cha-
noine de S. Pierre de Tarentaife, qui ayant demeuré l'efpace d'une
année fans pouvoir s'aider ny des bras ny des jambes, s'eft trouvé
guery aprés avoir pris trois femaines les Bains. Le même effet eft arrivé
au fieur Jullaney Curé de S. Jean de Belleville, qui etant auffi immobile qu'une ftatuë, & ayant même perdu l'ufage de la langue, fut guery
aprés s'être baigné cinq femaines durant : la fille d'un avocat de Tarentaife étant tombée dans un accident de paralifie qui l'avoit renduë
immobile de tout le corps, a été guerie en partie par la vertu de ces
Eaux, & l'auroit été tout-à-fait fans un coup de lancette qui luy fut
donné à la langue à contre tems, & qui l'a empêché de recouvrer tout-
à-fait l'ufage de la parole ; le fieur Rol Châtelain de Monfeigneur l'Archevêque ayant envoyé prendre ces Eaux, & s'en étant fait un Bain, a
été guery d'une paralifie fur les jambes, & marche comme auparavant,
ce qui confte par des bons actes fignés par mains de Notaires que
l'on pourroit produire icy, fi les chofes n'étoient fceües de tout le
monde.

Ces fortes d'operations ne font pas feulement particulieres aux Bains,
elles font encore propres à ceux qui s'en fervent pour boire, & quoy
qu'il n'y ait encore qu'un an qu'on en ufe, cependant on eft furpris de
voir le nombre des malades qu'elles ont guery tant de l'hydropifie que
de la goutte, fçiatique, maux de tête, douleurs de reins, fuffocation de
matrice, rumatifme, vapeurs qui fortent du bas-ventre & et troublent
le cerveau. André Thomas de Villarmartin Paroiffe de Bozel a été
guery d'une hydropifie formée, aprés les avoir bû cinq jours feulement,
Baltazard Roche des Allües ayant inutilement recouru à la Médecine
contre une indigeftion continuelle qui l'auroit infailliblement mené au
tombeau, s'eft trouvé guery aprés les avoir bû, et plufieurs autres que
je paffe fous filence. Voicy la copie de quelques lettres qu'ont écrit ceux
qui en ont ufé.

## A MONSIEUR VAROT.

*Le 12. Iuillet 1685.*

### Monsieur,

Vos Eaux ne me furent pas rendües hier affez-tôt pour les boire, je
ne les ay bû qu'aujourd'huy, & ce n'eft qu'avec un tres-fenfible regret
qu'il faut que je les quitte ; car elles font admirables, & l'operation
qu'elles font n'eft pas moins furprenante que le plaifir de les boire eft
grand ; elles m'ont fervy de médecine, & m'ont mené plus de huit fois
fans parler de ce qu'elles feront, je vous prie de m'en envoyer encore
une cantine pour demain ; j'efpere qu'elles opereront beaucoup mieux
puifque les commencemens en font fi bons ; j'en ay bû à Aix, à Vals,
& aux Eftrés en Velay qui ne les valent pas, mais qui ont plus de
vogue parce qu'elles font plus connües, celles-cy n'ont befoin que de
cela ; c'eft un reméde caché dont le Ciel vous a laiffé la découverte pour
vous meriter la gloire de reftaurateur de la fanté publique, je fouhaite
que les foins que vous y prenés vous foient auffi utiles qu'aux autres,
& que vous me croyés,

### MONSIEUR.

Vôtre tres-humble & tres-obeïffant
ferviteur.      F. F.

## A MONSIEUR VAROT.

*De Montagny, ce premier Aouft 1685.*

## VIVE JESUS

### MONSIEUR,

Je me donne l'honneur de vous faire ces lignes, pour vous affeurer
de mes refpects & pour m'acquitter en même tems d'une partie de mes
devoirs, vous priant de m'excufer fi j'ai tant tardé à vous remercier
des honneftetés que j'ay reçeu de vous aux Bains, en prenant les Eaux
qui m'ont été fort falutaires & qui m'ont tout-à-fait tiré hors d'affaire,
contre tous les fentiments des Medecins et Operateurs que j'avois con-
fulté ; je me vois prefentement engagé de publier partout où la Provi-
dence me conduira, leurs merveilleux effets, car elles m'ont entiere-
ment debarraffé l'eftomach, ce que les Eaux de Courmayeur n'ont
jamais pû faire, que j'avois déja pris auparavant à Mouftier pendant
cinq jours fans recevoir aucun foulagement ; enfin mon infirmité étoit

fans refource, fi je n'euffe pas eu recours à vos Eaux qui ont operé en moy d'une façon tout-à-fait merveilleufe, fans que la quantité dont j'en ufois m'incommodât ; car j'en prenois jufques à dix huit & vingt verres, fans que mon eftomach en patit, qui avoit déjà été affoibly par les frequentes Medecines que j'avois pris, il faut auffi que je vous avoûe que vos Bains ont des qualités tout-à-fait merveilleufes pour fortifier les débilités des nerfs, qui me caufoient un tremblement de mains que j'ay gardé pendant trois années depuis une maladie de trois mois ; je m'en vois maintenant quitte grace à Dieu ; vous pouvés croire que je n'oublieray rien pour les mettre en credit & pour faire connoiftre leur vertu, je ne manqueray pas auffi tout le tems de ma vie de prier pour vôtre confervation & que le bon Dieu beniffe vos travaux en ce monde pour les couronner dans l'autre ; cependant je feray inviolable dans la resolution que j'ay prife d'étre toute ma vie plus que perfonne du monde,

MONSIEUR,

> Vôtre trés-humble, trés-obeïffant Serviteur
> F. Jean Antoine de Montagny Prêtre
> Capucin indigne.

Il eft à prefumer que leur vertu ne fera pas bornée là, & que plus on en ufera, on en recevra auffi de plus grands effcts, ce qui obligera infailliblement le propriétaire et les particuliers qui ont du bien dans le voifinage d'y faire bâtir pour la commodité des beuveurs & baigneurs, ce qui eft à souhaiter, afin qu'on fçache que la Tarentaife n'eft pas un pays fi difgracié de la nature qu'elle le paroît pas fes rochers, puifque s'il n'y a rien de fuperflu, il n'y a rien d'inutile, & qu'il n'y a pas jufque aux moindres endroits où il n'y ait lieu de l'admirer, & fur tout dans celuy ou fe rencontre cette eau fi salutaire, dont l'on donne la connoiffance au public par cette relation, & de laquelle l'on peut dire comme de celle qui fe rencontre auprés du Tibre à demie lieuë de Rome.

> *Renibus & Stomacho, fpleni, Iecorique medetur,*
> *mille malis prodeft ifta falubris aqua.*

# FIN.

*L'original de cette brochure fort rare nous a été communiqué par M. le docteur C. Laiſſus, médecin inſpecteur des eaux de Brides-les-Bains, ancien inſpecteur des eaux de Salins-Mouſtier, qui a bien voulu nous autoriſer à la réimprimer.*

*Le prélat auquel elle étoit deſtinée étoit monſeigneur François-Amédée Millet de Challes, fils de Hector baron de Challes & d'Arvillars. Le duc Charles-Emanuel le nomma pour remplir ce ſiege le 23 aouſt 1653, & il fut confirmé par bulles apoſtoliques du 15 décembre 1659. Il étoit auparavant Sénateur au Sénat de Savoie, & cette charge lui fut conſervée par lettres du 12 juin 1660. Par patentes du 29 novembre 1675 il fut créé premier préſident de la chambre des comptes ; & par celles du 15 octobre 1680, gouverneur de Savoie. Il mourut à Mouſtier le 25 mai 1703, à l'âge de 80 ans, s'étant acquis la réputation d'un des plus grands hommes de ſon ſiécle.*

9 782329 102887